TOMBEAV
DE
MADAME
LA
PRINCESSE
DOVAIRIERE.

M. DC. LI.

L'IMPRIMEVR

AV BON FRANÇOIS.

LECTEVR, ie te fais icy d'vn plat deux seruices. Il falloit vne langue morte, comme est la Latine, pour pleurer dignement la mort d'vne si grande Princesse. Il falloit aussi vne langue viuante, comme est la nostre, pour en pleurant cette triste mort, en faire viure à iamais la douleur en nostre mémoire. Ie t'auertis pourtant que de ces deux pieces, l'vne est originalle, & l'autre est vne coppie. La Latine est la premiere, & a esté veuë de desia de plusieurs qui en ont fait estime ; à la fin elle est tombée entre les mains d'vn bon François qui n'a pû souffrir que la langue Romaine témoignast prendre plus de part à nostre perte, que nostre langue propre. Il a crû qu'il y alloit de l'honneur de la Nation, & que cette Princesse ayant esté sans contredit l'vne des plus accomplies de France, on ne pouuoit sans crime refuser des larmes Françoises à son tombeau. Il a donc traduit la piece latine en vers François, & si naturellement, comme ie l'ay apris de plus habilles gens que moy, & comme tu le pourras voir toy-mesme, qu'à peine peut-on discerner le texte d'auec la traduction. Ie te les ay mis vis à vis, afin que tu puisses conferer plus aisément l'vn auec l'autre. Adieu, excuse les fautes de mon impression, & y supplée : Comme ie ne connoy point ny l'vn ny l'autre Autheur, ie n'ay pû leur faire voir les épreuues pour les corriger ; & puis nos maux sont tels, qu'il n'est pas mesme permis de pleurer, ny de se plaindre.

DIVÆ PRINCIPIS

CAROLÆ MARGARETÆ

MOMMORENCIÆ,

Condæi Principis viduæ

MONVMENTVM.

Plange Viator;

Plangite Franciades, si qui.

Hoc jacet sepulchro, iamiam secura,

Princeps Illustrißima,

Ornat ᵐᵃ *inclyt.* ᵐᵃ *infœl* ᵐᵃ *quoque,*

Quid plura?

Ipsius nomine hæc omnia innotescunt satis.

Hic jacet

CAROLA MARGARETA MOMMORENCIA

HENRICI BORBONIJ PROTO-PRINCIPIS

Iamdudum extincti

Fidelis uxor extincta.

Plangite Franciades tantam Principem emortuam.

Eheu! cum ea jacent & virtutes sepultæ,

Decor, Majestas, Mansuetudo, Magnanimitas;

Plangite tot dotes & simul sepultas!

TOMBEAV
DE MADAME LA PRINCESSE
DOVAIRIERE.

PLEVRE paſſant, pleure François,
  S'il eſt encor vn François dans la France;
    Deſſous ce Tombeau que tu vois
    Giſt, deſormais en aſſeurance,
Vne grande Princeſſe, aimée en tous endrois:
Princeſſe que le Ciel de dons auoit remplie,
    Tres illuſtre, tres accomplie,
    Mais plus mal-heureuſe cent fois.

    Inutile eſt tout ce langage,
En diſant ſon beau Nom i'en diray dauantage,
    Paſſant ſouz cette tombe-cy
    Giſt cette Princeſſe d'elite,
    CHARLOTTE MARGVERITE
  DE MONTMORENCY,
  Veuue d'vn Prince illuſtre en ſa conduite,
DE HENRY DE BOVRBON premier Prince du Sang;
    Mais plus grand encor en merite
    Qu'il ne l'eſtoit pas par ſon rang.

Pleurez François cette grande Princeſſe,
Vous ne ſçauriez montrer trop de triſteſſe,
    Trop d'amour, trop de pieté.
    Helas! les Vertus abolies
    Sont auec elle enſeuelies!
    Le noble éclat, la Majeſté
    Le grand Courage & la Bonté,
Pleurez tant de Vertus enſemble enſeuelies!

Quemadmodum olim in Fratre HENRICO,
Omnium meritißimo,
Dum viuere licuit,
Tota & spirabat & fulgebat
Generositas virilis.
Tota sic hac in Heroïde
Muliebris enitebat Generositas:
Siue templa ædificando;
Siue egenis Nobilibus, siue etiam Principibus
Magnifice largiendo;
Siue quibusuis inopibus vitam & vestem præstando.

Ambæ hæ Generositates *consanguineæ*
Omnium ad se rapiebant oculos,
Omnium animos, omnium vota.
Sese inuicem deosculabantur vnanimes,
Mutuisque amplexibus
Vbique virtutes fere sibi similes
Gignebant innumeras.
Cuncti Fratris *æmulatione,*
Cunctæ Sororis exemplo,
Virtutem fouebant, virtutem profitebantur.

Comme autrefois en son Frere H ɴ ʀ ʏ,
Que chacun admiroit, que nul ne pouuoit suiure;
   Tant qu'il luy fut permis de viure.
   Par la haine d'vn Fauory,
      La *Generosité virile*
Toute entiere viuoit, toute entiere éclatoit.
De mesme en cette Dame en merueilles fertile
La *Generosité feminine* habitoit;
      Tantost edifiant des Temples;
      Tantost donnant des sommes amples
      A des Nobles necessiteux,
      Mesme à des Princes disetteux:
      Bref, sans pouuoir estre assouuie,
Donnant à tous-venans, & l'habit & la vie.

      Ces deux *Generositez* saintes
S'attiroient d'vn chacun les yeux, l'esprit, les veux;
      Elles se baisoient toutes deux
      Sans rompre leurs chastes estreintes.
      En tous endroits, à tous moments
      De leurs communs embrassements
Ces deux sœurs engendroient des Vertus innombrables,
      Qui leur estoient presque semblables
      De visage & de sentiments.

      Chaque Homme à l'exemple du Frere,
      Et chaque Dame à l'enuy de la Sœur,
Professoit la Vertu, la logeoit en son cœur,
      Et n'y souffroit rien de contraire

Inuidus tandem, ingratus, impiusque Minister,
Nam Regis & subditorum hostem,
Vocamus Ministrum,
Præclarum illud masculæ Generositatis Specimen
Carnificis gladio iugulauit.

Muliebris tantùm restabat in Carolâ *sorore,*
Superstes ac vidua,
Vitamque trahebat inuitam;
Iijsdem tamen quibus antè
Fungens semper officijs.
At hoc pejori tempore, pejor alius Minister,
Quò, residuâ illâ Gerositate
Prorsus peremptâ,
Pudendæ cunctos facilius subijceret seruituti;
Hanc nostram doloris gladio interfecit Carolam.

Heu! sub torculari animam efflauit,
Angustijs oppressa, torturis obtrita!
Trium mater liberorum moritur sola!
Εὐλογίαν *eis dare non licet, mittere cogitur.*
Id novæ pietatis
Excogitat necessitas, maternusque affectus!

Mais à la fin vn envieux,
Vn ingrat, vn meschant Ministre,
Car nous nommons de ce nom odieux,
Du Prince & des Subjets l'écueil le plus sinistre ;
Par le glaiue d'vn vil Bourreau,
Pour plaire à sa rage brutale,
Esgorgea ce viuant Tableau
De la *Generosité masle.*

La *Feminine* seulement,
En *Charlotte* restoit viuante ;
Mais las ! cette Vierge restante,
Ne viuoit que pour le tourment,
Tousiours triste, tousiours dolente ;
Et continuoit neantmoins,
Par vne charité constante,
Et ses offices & ses soins.
Or en ce temps encore pire,
Vn pire Ministre conspire
De la faire perir aussi,
Pour n'auoir plus rien qui le braue,
Et tenant tout à sa mercy,
Traitter le François en esclaue.
Voila pour en venir à bout,
Que ce meurtrier detestable
Poursuit, persecute partout
Nostre *Charlotte* incomparable ;
Et perce enfin son noble cœur
Du cruel glaiue de douleur.

O barbare ! ô sanglant trophée !
Fut-il iamais crime plus noir ?
Elle est morte sous le pressoir
De mille angoisses estouffée,
Spectacle lamentable à voir !
Mere de trois enfans elle meurt solitaire,
Ne pouuant les benir, & le desirant faire,
Elle leur fait porter sa benediction !
Certes la depesche est nouuelle !
Mais ainsi le vouloit son amour maternelle,
Et son oppression !

Frustrà per horrentes noctis tenebras
Fugæ se dedit trepida;
Prædones cùm illam ipso in exilio
Obsidione premere sunt ausi.
Frustrà & tantis iactata malis,
Supremi Tribunalis supplex
Efflagitauit opem.
En quippe his cruciata, his enecata,
CASTELLVLO *exul obit alieno*
Tot castrorum Domina!
Sic hodie Francicus orbis Generositatis orbus.
Sic MOMMORENCII,
Sic Principibus, sic Optimatibus,
Sic Populis, sic Pauperibus
Quos & ipsi fecere,
Sic denique virtutibus
Ministri infesti!

Proh pudor!
Infimum Siculum seu Francicidam,
Tanta perpetrantem flagitia,
Patimur Franci!
Pacem occidit nascentem;

En vain elle s'enfuit au trauers des tenebres,
Quand iufqu'en fon exil on la vint affieger;
En vain elle eut recours, en des maux fi funebres,
Aux facrez Tribunaux qui la pouuoient venger:
La voila qui fe meurt, fans fe voir foulager,
Et meurt, Dame qu'elle eft de cent Chafteaux celebres,
  En vn *Chaftillon* eftranger.

Ainfi la pauure France, apres l'auoir perduë,
De *Generofité* demeure dépourueuë:
  Ainfi, las! aux *Montmorencys*,
  Aux Princes, aux Grands de la France,
  Aux Peuples, aux pauures tranfis
  Dont ils ont caufé l'indigence;
Ainfi donc aux vertus nos Miniftres cruels
  Sont pernicieux & mortels.

  O honte!
  Vn ignoble Sicilien;
Ou, pour n'oublier pas le maffacre ancien,
Vn bourreau de François, qui d'honneur ne tient conte,
Fait toutes ces horreurs au mépris de nos Loix;
Et nous le fouffrons, nous François!

  Des Mediateurs d'importance
  Nous faifoient naiftre enfin la Paix,
  Il l'a tuée en fa naiffance.

Galliam exhausit, vastauit, profligauit,
Populos depopulatus est;
Lutetia supererat quasi intemerata,
Lutetiam exscindere tantauit.
Nunc in Principes furit Regios
Patriæ seruatores, hostium triumphatores.
Nunc ipsos Principes & trucidat & catenis obstringit;
Principibus etiam Principes, sed quidem aduenas
Et fortunæ mancipia,
Vt satis ostentant ipsi,
Inuenit lictores!

Tot opprobria, tot ruinas, tot clades,
Ignaui spectamus Galli,
Dicam satius, Gallinæ!
Lugemus Principem mortuam sepultam!
Lugemus Principes viuos sepultos!
Lugemus totam pæné familiam Regiam
Internecioni proximam!
Lugemus bonorum nostrorum direptionem!
Lugemus & nostram captiuitatem,
Latronibus vndique
Portas viasque obsidentibus commeatusque impedientibus!
Lugemus tot & tanta excidia, non vlciscimur?

13

Depuis il a fuccé, rongé, mangé la France,
        Depeuplé fes Peuples efpais ;
Le feul Paris reftoit entier en apparence,
        Il a tout de mefme entrepris
        De bouleuerfer ce Paris
Par le fer, par la faim, la rage & l'infolence.

        Auiourd'huy ce cœur déloyal
Forcene impunement contre le Sang Royal,
Prend nos Princes, les tuë, ou les met à la chaifne :
Et contre ces Captifs, de nos Lys les fupports,
        Pour mieux authorifer leur gefne,
Il trouue encor, tant les bons cœurs font morts !
Des Princes, il eft vray, mais venus de dehors,
        Et deuoüez à la fortune ;
Qui preferant fa grace à la haine commune,
        Sont fes Sergens & fes Recors.

        Nous regardons, pauures Gaulois,
        Tous ces opprobres, ces outrages,
        Ces ruïnes & ces rauages,
        Sans remüer vn de nos doits !
Ah nous en meritons encor bien d'autres foulles !
        Mais que dis-ie, Gaulois,
Iadis c'eftoit des Coqs, & nous fommes des poules.
        Nous pleurons la mere & les fils,
        La mere morte enfeuelie,
        Les fils viuans enfeuelis,
La famille Royale au danger de la vie !
        Nous pleurons nos biens enleuez,
Nous mefmes nous pleurons de nous voir captiuez,
Des brigands tous les iours par troupes, par cohortes,
Affiegeans les chemins, & pillans tout aux portes !
Nous pleurons tous ces maux & publics & priuez ;
        Et nous n'en tirons point vengeance !
                                        D

Sed vlciscetur Deus, Deus vltionum;
Tùm qui ea moliuntur, tum qui ea tolerant.

Interim Franciades
Et pro Principe matre mortuâ,
Et pro Principibus filijs continuò morientibus,
Preces Deo fundite Principum protectori,
Vestrâ interest,
Agitur etenim de vestrâ, sicut & de eorum salute.
Valete.

Moerens posuit Hegemodemophilus.

Mais Dieu nous la fera par fa toute puiſſance,
Car elle eſt vn des droits que Dieu s'eſt reſeruez;
   Il fera noſtre Tutelaire;
   Et pour terminer nos trauaux,
   Il fera tonner ſa colere.
   Tant ſur celuy qui fait ces maux,
   Que ſur celuy qui les tolere.

     François en attendant ce temps,
   Faites pour la Princeſſe morte,
Et pour ces dignes fils inceſſammant mourans;
Des prieres à Dieu, l'ennemy des Tyrans,
   Comme il eſt la garde & l'eſcorte
   Des Roys, des Princes & des Grands,
   Dans l'oppreſſion la plus forte.
   Priez-le de bouche & de cœur;
C'eſt pour voſtre ſalut, comme c'eſt pour le leur.
   Adieu.

C'eſt le dernier deuoir d'Hegemodemophile.

www.ingramcontent.com/pod-product-compliance
Lightning Source LLC
LaVergne TN
LVHW050438060726
842526LV00007B/2665